Disney
PIRATES des CARAÏBES

Une vie de pirate

Adapté par Tennant Redbank
Basé sur le scénario écrit par Ted Elliott et Terry Rossio et
sur l'histoire écrite par Ted Elliott, Terry Rossio,
Stuart Beattie et Jay Wolpert
Basé sur *Pirates des Caraïbes* de Walt Disney
Produit par Jerry Bruckheimer
Réalisé par Gore Verbinski

Droits réservés 2007 par Disney Enterprises, Inc.

Publié par Presses Aventure, une division de
Les Publications Modus Vivendi Inc.
55, rue Jean-Talon Ouest, 2e étage
Montréal (Québec) H2R 2W8
Canada

Paru sous le titre original de : *A Pirate's Life !*

Traduit de l'anglais par : Catherine Girard-Audet

Dépôt légal : Bibliothèque et Archives nationales du Québec, 2007
Dépôt légal : Bibliothèque et Archives Canada, 2007

ISBN 13 : 978-2-89543-795-6

Nous reconnaissons l'aide financière du gouvernement du Canada par l'entremise du Programme d'aide
au développement de l'industrie de l'édition (PADIÉ) pour nos activités d'édition.

Gouvernement du Québec – Programme de crédit d'impôt pour l'édition de livres – Gestion SODEC

Chapitre 1

Un brouillard épais recouvre l'océan.
De la grisaille surgit un imposant bateau.
Elizabeth Swann, la fille du gouverneur,
se tient à la proue du bateau.

Soudain, Elizabeth aperçoit quelque
chose dans l'eau. «Regardez! C'est un
garçon!» s'écrie-t-elle.

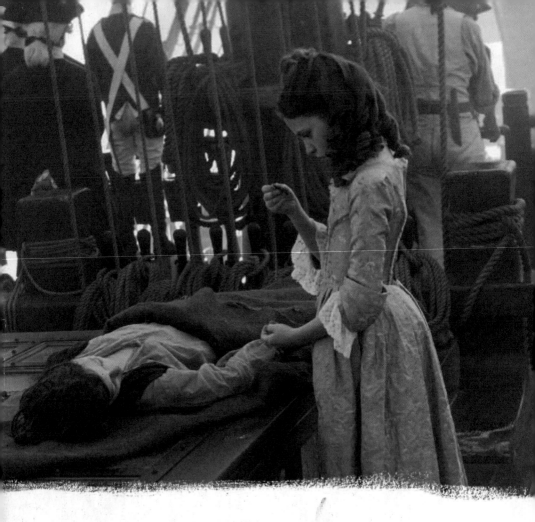

Les matelots hissent le garçon sur
le bateau. Elizabeth se tient à ses côtés.
Il porte à son cou un médaillon. Elizabeth
sursaute. Elle connaît la signification
du crâne qui se trouve dessus. «Tu es
un pirate», murmure-t-elle. Elle retire
le médaillon du cou du garçon et le met
autour du sien. Elle veut ainsi le protéger.

Huit ans plus tard, Elizabeth est devenue une dame, et le garçon, Will Turner, un forgeron. Will est amoureux d'Elizabeth depuis le jour où elle l'a sauvé. Mais aujourd'hui, elle est promise au Commodore de la Marine Royale, Norrington.

Elizabeth éprouve des sentiments pour Will. Elle porte en secret son médaillon. Elle ne sait pas encore qu'il lui causera des ennuis. L'or va attirer une bande de pirates à Port Royal !

Les pirates voguent sur un bateau avec des voiles noires et un drapeau avec une tête de mort. Le navire s'appelle le *Perle Noire*, et tous les hommes à bord sont maudits. Ils cherchent l'or aztèque qui a causé la malédiction.

Tard dans la nuit, les pirates arrivent pour s'emparer de l'or. Les canons du *Perle Noire* bombardent le fort. Les pirates déferlent dans les rues. Deux d'entre eux découvrent la chambre d'Elizabeth.

«Nous savons que tu es ici, ma poupée»,
chuchote l'un des pirates.

«L'or nous appelle», dit l'autre.
Elizabeth frissonne. Elle touche le
médaillon autour de son cou. Elle ne
peut pas fuir.

«Pourparlers!» s'écrie-t-elle. Le droit de
pourparlers fait partie du code des pirates.
Elle sait qu'en invoquant ce droit, les
hommes ne peuvent lui faire aucun mal et
doivent la mener auprès de leur capitaine.

Dans le brouillard, Will aperçoit Elizabeth
traînée de force par les pirates. Il veut la
sauver ! Un seul homme peut l'aider.
Will se précipite vers la prison. À l'intérieur
d'une cellule se trouve Jack Sparrow.
Autrefois, Jack était le capitaine du
Perle Noire, mais on lui a pris son bateau.

« Qui êtes-vous ? » demande Jack.

« Will Turner. »

Lorsqu'il entend ce nom, Jack devient
songeur. Ils font un marché. Will fera
sortir Jack de prison, et Jack le conduira
jusqu'au *Perle Noire* – et à Elizabeth.

Chapitre 2

Sur le pont du *Perle Noire*, Elizabeth fait face à Barbossa, le nouveau capitaine. Ses vêtements sont en soie. Ses dents sont couvertes d'argent et d'or. Un singe vêtu est juché sur son épaule.

« Je veux que vous partiez », dit Elizabeth.

Barbossa n'est pas prêt à quitter Port Royal. « Non », répond-il.

« À votre aise », dit Elizabeth. Elle se précipite vers le garde-corps et elle brandit le médaillon par-dessus bord. « Je vais le jeter. » Elle sait que les pirates veulent cette pièce d'or, mais elle ignore pourquoi.

« Non ! s'écrie Barbossa. Quel est votre nom, mademoiselle ? » demande-t-il après un court moment.

« Elizabeth... » Elle s'interrompt. Elle ne croit pas qu'il soit sage de révéler son vrai nom. « Elizabeth Turner », lui dit-elle.

Sur ce, Elizabeth et Barbossa concluent un marché. Le navire s'éloigne de Port Royal et met le cap sur l'île de la Muerta.

Ce soir-là, Elizabeth partage le repas
de Barbossa dans sa cabine. Sur la table,
il y a des plateaux de nourriture et du vin.
Elizabeth mange avec appétit pendant que
Barbossa l'observe.

«Goûtez le vin, dit-il, et les pommes.»
Elizabeth cesse aussitôt de manger.
Le capitaine la regarde d'un drôle d'air.
«Mangez-en vous-même», dit-elle.
«Si seulement je pouvais», répond-il.

Barbossa lui raconte alors une histoire étrange. Il y a quelques années, les pirates du *Perle Noire* ont découvert un trésor – huit cent quatre-vingt-deux pièces d'or aztèque. Mais le trésor est maudit. Tout homme qui touche à une pièce d'or devient un homme mort. Il ne peut ni manger, ni boire, ni sentir, et plus encore, ni être tué.

Il n'existe qu'une seule façon de conjurer

le sort. Les pirates doivent ramener toutes les pièces d'or pour être lavées par le sang de celui qui s'en était emparé le premier.

«Grâce à vous, nous avons enfin la dernière pièce d'or», dit Barbossa. Il brandit le médaillon.

«Et le sang qui doit être versé ?» demande Elizabeth.

«Je n'ai aucune raison de vous tuer, dit Barbossa, … pour l'instant.»

Elizabeth bondit de sa chaise. Elle se
précipite à l'extérieur de la cabine. Sur
le pont, l'équipage travaille, mais lorsque le
clair de lune plane sur eux, la malédiction
aztèque fait son œuvre. Les pirates se
changent tous en squelettes !

Tout à coup, Barbossa saisit Elizabeth.
À cause du clair de lune, son visage se
transforme en crâne. « Vous feriez mieux de
croire aux histoires de fantômes, Mlle Turner.
Vous en faites partie, maintenant. »

Chapitre 3

Jack et Will ne sont plus très loin derrière. Ils ont volé un bateau et se sont lancés à la poursuite du *Perle Noire*. L'île de la Muerta est l'endroit où Barbossa a trouvé le trésor. C'est là qu'il doit se rendre pour rompre la malédiction.

Barbossa entraîne Elizabeth dans une grotte. L'endroit resplendit de bijoux, de soie, d'argent et d'or. Un coffre en pierre trône au milieu.

« Notre tourment tire à sa fin ! » s'écrie
Barbossa. Le coffre s'ouvre d'un seul coup.
Il est rempli de pièces d'or. Chacune des pièces
est ornée d'un crâne. Un couteau tranchant
repose sur le dessus. Barbossa prend le couteau
et attire Elizabeth près de lui.

Will, qui observe la scène par une ouverture
de la grotte, bondit à son secours, mais Jack
le retient. Ce n'est pas encore le moment
d'intervenir.

« Quel est le sang qui doit être versé ? »
s'écrie Barbossa.

« Le sien ! » répondent les pirates.

Elizabeth ferme les yeux et détourne la tête. Barbossa entaille la paume d'Elizabeth et referme la main sur le médaillon.

« C'est tout ? » demande Elizabeth.

Barbossa lâche le médaillon dans le coffre. Les pirates attendent. Ils observent leur corps, puis s'échangent des regards. Rien ne se produit.

« Ça n'a pas fonctionné ! hurle l'un des pirates. La malédiction est encore sur nous. »

« Es-tu la fille de William Turner ? »
demande Barbossa à Elizabeth.

« Non », dit-elle.

Les pirates se mettent à hurler et à
se disputer. Ils en oublient le médaillon
et Elizabeth, quand une main se pose sur
sa bouche. C'est Will ! Ils prennent la fuite
ensemble, tandis que Jack reste dans
la grotte pour discuter avec Barbossa.

Quelques minutes plus tard, les pirates
cessent de se battre et comprennent
qu'Elizabeth a disparu en emportant
le médaillon avec elle !

« Le médaillon ! Récupérez-le ! »
ordonne Barbossa.

Une fois arrivés sur leur bateau, Will enveloppe la main d'Elizabeth dans un pansement. «Tu t'es présentée à Barbossa sous mon nom, dit-il. Pourquoi donc?»

«Je ne sais pas», répond Elizabeth. Elle sort le médaillon de sa robe. «Ceci t'appartient.»

Will observe le médaillon. «Ce n'est pas de ton sang dont ils ont besoin, dit-il lentement. Ils veulent le sang de mon père. Ils veulent mon sang.»

Will prend le médaillon. Son père était un pirate et, finalement, lui aussi agit comme un pirate. Lui et Jack ont volé un bateau, puis il a navigué avec un équipage de pirates. Will a besoin de comprendre.

Will et Elizabeth n'ont pas beaucoup d'avance. Le *Perle Noire* les rattrape rapidement.

«Nous devons nous battre!» s'écrie Will.

Au cours de la bataille, le singe de Barbossa se faufile sur le bateau de Will et d'Elizabeth. Il trouve ce qu'il cherche le médaillon!

Elizabeth tente de rejoindre Will, mais deux pirates de Barbossa la saisissent et l'entraînent à bord du *Perle Noire*.

Lorsqu'il voit Elizabeth se faire capturer, Will grimpe sur le garde-corps du *Perle Noire*.

«Barbossa!» crie Will. Il tient un pistolet dans la main. «Libérez-la!»

«Vous ne pouvez tirer qu'un seul coup de feu, souligne Barbossa, et nous ne pouvons pas mourir.»

«Vous, vous ne pouvez pas, dit Will, mais moi si.» Il met le pistolet sous son menton. Will sait que mort, il ne sera d'aucune utilité pour Barbossa.

«Qui êtes-vous, jeune homme?»

«Je m'appelle Will Turner.»

Barbossa comprend maintenant de qui il s'agit. Il accepte de libérer Elizabeth et Jack, à condition que Will l'accompagne sur l'île de la Muerta pour rompre la malédiction.

Chapitre 4

Les pirates conduisent Will à la grotte en se laissant guider par leurs torches. Les mains de Will sont liées derrière son dos.

Tout à coup, Jack Sparrow se précipite dans la grotte.

« Jack ! s'écrie Will. Où est Elizabeth ? »

« En lieu sûr », répond Jack.

Jack explique alors à Barbossa que le navire de Norrington est posté au large de l'île. Jack pense que Barbossa devrait attendre avant de rompre la malédiction. Elle est encore utile pour une fois – les pirates ne peuvent être tués. Barbossa doit se servir de la malédiction pour combattre les soldats de Norrington avant de la rompre.

Barbossa accepte. Il envoie ses pirates au combat. Pourtant, il est troublé. «Jack, je croyais te connaître, dit-il, mais je vois maintenant que tu es plutôt imprévisible.»

«Moi ?» Jack secoue la tête. Puis d'un coup de pied, il lance une épée en direction des mains de Will. «Fais-en bon usage», dit-il.

Will obéit. En quelques secondes, il parvient à se libérer les mains. Il est prêt à se battre contre les pirates qui sont restés dans la grotte, tandis que Jack affronte Barbossa.

Will se bat courageusement, mais les pirates sont trop nombreux. Il tombe au sol. L'un des pirates lève son épée, mais quelqu'un surgit de nulle part et frappe le pirate qui s'écroule par terre. Will n'en croit pas ses yeux. « Elizabeth ? »

Elizabeth lui sourit. Ensemble, ils combattent le reste des pirates. Will suit Jack des yeux. Will attend le bon moment pour se rapprocher du coffre. Il s'entaille alors la paume, puis serre le médaillon dans sa main.

Quelques secondes plus tard, un coup de feu retentit. Jack a tiré sur Barbossa.

Barbossa baisse les yeux et voit du sang sur sa chemise. Il comprend peu à peu ce qui lui arrive. Le sort a été conjuré.
Il ressent de la colère, il ressent de la surprise et une partie de lui se sent soulagée.

«Je sens… dit Barbossa… le froid.»
Puis il tombe mort sur le sol.

Chapitre 5

À Port Royal, Jack fait face au bourreau.
Les tambours résonnent lentement.
On passe la corde autour du cou de Jack.
La trappe s'ouvre. Jack tombe. Une épée
vole dans les airs et vient se planter dans
le pilier. C'est l'épée de Will et c'est un joli
coup ! Jack atterrit sur la lame de l'épée.
Il en profite pour couper la corde.

Will et Jack combattent ensemble les
hommes de Norrington, qui sont très
nombreux. Will et Jack sont bientôt cernés !
Norrington s'approche d'eux, en compagnie
du père d'Elizabeth.

« Votre place n'est pas ici, Turner »,
dit Norrington.

« Ma place est justement ici, entre vous
et Jack », répond Will.

Elizabeth s'avance aux côtés de Will.
«Tout comme la mienne», dit-elle.

Norrington est contrarié. Il est lui aussi
amoureux d'Elizabeth. «Est-ce pour lui que
bat votre cœur ?» lui demande-t-il.

«Oui», lui répond Elizabeth.

Jack saute sur les remparts du fort.
Il plonge dans l'océan avant que quiconque
ne puisse l'arrêter. Le *Perle Noire* vogue
à sa rencontre.

Elizabeth et Will se rapprochent.
Le père d'Elizabeth les regarde. « Es-tu
certaine de ton choix ? demande-t-il
à sa fille. Ce n'est qu'un forgeron… »

« Non, répond Elizabeth. C'est un pirate. »

Will sourit. Lui et Elizabeth se tournent
pour faire face à l'océan, puis ils regardent
Jack et le *Perle Noire* s'éloigner.